小帆船经典故事桥梁书

U0817598

爱的礼物

[日]横山洋子 主编　[日]间所久子 改编
[日]绀野幸美 [日]小仓真由子 [日]藤田美菜子 绘图
吴瑕 翻译

海南出版社
·海口·

作品名7：ランドセル名作　3つのプレゼント
間所ひさこ・文、コンノユキミ・絵、小倉マユコ・絵、藤田美菜子・絵、横山洋子・監修

Randoseru Meisaku 3tsu no Present
© Gakken
First published in Japan 2018 by Gakken Plus Co., Ltd., Tokyo
Simplified Chinese translation rights arranged with Gakken Plus Co., Ltd.
through Future View Technology Ltd.

版权合同登记号：图字：30-2021-130 号

版权所有，请勿翻印、转载，违者必究。

图书在版编目（CIP）数据

爱的礼物 /（日）横山洋子主编；（日）间所久子改编；（日）绀野幸美，（日）小仓真由子，（日）藤田美菜子绘图；吴瑕译 . -- 海口：海南出版社，2023.1
（小帆船经典故事桥梁书）
ISBN 978-7-5730-0601-1

Ⅰ . ①爱… Ⅱ . ①横… ②间… ③绀… ④小… ⑤藤… ⑥吴… Ⅲ . ①儿童故事 – 图画故事 – 日本 – 现代
Ⅳ . ① I313.85

中国版本图书馆 CIP 数据核字 (2022) 第 108755 号

小帆船经典故事桥梁书·爱的礼物
XIAO FANCHUAN JINGDIAN GUSHI QIAOLIANG SHU · AI DE LIWU

主　　编：[日]横山洋子
改　　编：[日]间所久子
绘　　图：[日]绀野幸美 [日]小仓真由子 [日]藤田美菜子
翻　　译：吴　瑕
策　　划：三环童书
校　　订：闻　风
责任编辑：陈淑芸
项目编辑：徐　溧 张　靖
责任校对：邓波尔
责任印制：杨　程
装帧设计：谷亚楠
印刷装订：佛山市华禹彩印有限公司
出版发行：海南出版社

总社地址：海口市金盘开发区建设三横路 2 号
邮　　编：570216
上海地址：上海市虹口区株洲路 309 号 202
电　　话：0898-66812392
电子邮箱：hnbook@263.net
经　　销：全国新华书店
版　　次：2023 年 1 月第 1 版
印　　次：2023 年 1 月第 1 次印刷
开　　本：889 mm × 1300 mm　1/32
印　　张：3
字　　数：60 千字
书　　号：ISBN 978-7-5730-0601-1
定　　价：20.00元

如有缺页、破损、倒装等印装质量问题，请寄回本社更换。

两个神秘的小鞋匠

改编自《格林童话》

[日]间所久子 改编

[日]绀野幸美 绘图

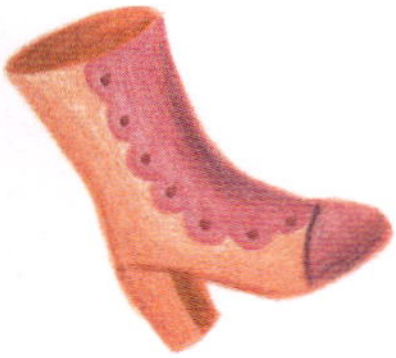

很久很久以前，在一座小镇上，生活着鞋匠老爷爷一家。

鞋匠老爷爷手艺很好，但来找他买鞋的人却很少。

日子一天一天过去，鞋匠老爷爷家越来越穷，最后，连做鞋子的皮革都买不起了。

“唉，家里只剩下一张皮革了。明天早上，我再用它做最后一双鞋子吧。”鞋匠老爷爷叹了口气。

他坐到桌子前，小心翼翼地切好皮革，然后便上床睡觉去了。

第二天早上，鞋匠老爷爷一走到桌前，就被眼前的景象吓了一跳！

奇迹发生了！昨晚准备好的皮革，竟然变成了一双漂亮的鞋子。

恰好在这一天，鞋铺里来了一位客人，他一眼就看中了这双鞋子，并出高价买下。于是，鞋匠老爷爷用这笔钱买了可以做两双鞋子的皮革。

那天晚上，鞋匠老爷爷把皮革切好，就安安心心地睡觉去了。

奇迹再次发生！第二天早上，两张皮革变成了两双精美的鞋子。

这一天，鞋铺里来了几位客人，同样花高价买下了这两双鞋子。

“啊，真是太让人高兴了。这样，我们就能买可以做四双鞋子的皮革啦！”

这样的奇迹，每天都在发生。只要鞋匠老爷爷晚上把皮革切好，第二天早上皮革就会变成鞋子，而且鞋子一定会被客人以高价买走！

就这样，鞋铺的生意越来越好，鞋匠老爷爷一家也越来越富裕。

“到底是哪个好心人在帮我们做鞋子呢？”

鞋匠老爷爷和老奶奶都很好奇，两人打算一定要找到这个好心人。于是，一天晚上，他们躲在房间的角落里，偷偷地观察。

到了午夜，不知从哪里钻出两个光着身子的小人儿。

他们跳到桌子上，不慌不忙地做起鞋子来。

“叮叮叮！”“唰唰唰！”

钉鞋底，缝鞋面。

嘿，干活真麻利！

两个小人儿一刻都不休息。

“完成啦！完成啦！”两个小人儿欢呼起来。一做完鞋，他们欢快的身影就从房间里消失了。

“多亏了两个小人儿，我们的日子才好起来。”老奶奶说道，“为了答谢他们，我来给他们做衣服！衬衫、背心、外套和裤子，每人做一套。还要给他们每人做一双袜子。对了，你再给他们每人做一双可爱的小鞋子吧，怎么样？”

老爷爷乐呵呵地答应了。

很快，衣服和鞋子就做好了。鞋匠老爷爷和老奶奶把它们放进礼物盒，摆在桌上。

到了午夜，两个小人儿又出现了。

这一次，桌上没有皮革，他们高兴地说道：“太好了，我们两个完成了鞋铺的所有工作！”

这时，两个小人儿发现了放礼物的盒子。

“哇！这些衣服是送给我们的吗？”

他们迫不及待地试穿起来。

“真合身！”

两个小人儿穿上漂亮的衣服和鞋子，蹦蹦跳跳地离开了。

后来，他们再没有出现过。

不过，鞋匠老爷爷和老奶奶齐心协力 * 地做鞋子，一直过着幸福的生活。

* 齐心协力：思想认识一致，共同努力。

迷宫 1

鞋匠老爷爷和老奶奶能捡起，然后见到小人儿吗？

答案在最后一页。

麦琪的礼物

改编自美国作家欧·亨利同名小说

[日] 间所久子 改编
[日] 小仓真由子 绘图

吉姆和德拉是一对夫妻，他们住在一间小小的公寓里。两人相亲相爱地生活在一起，虽然不富裕，但很幸福。

他们有两样引以为豪的宝贝。

一样，是德拉那一头漂亮的栗色长发。

另一样，就是吉姆三代相传的金表。

新年快到了，德拉很想给自己深爱的丈夫送一件礼物，所以一直努力存钱。

可是，好不容易存下的钱依旧少得可怜。

德拉靠在沙发上，抽抽搭搭地哭了起来。

“这点儿钱，可买不了什么好的礼物啊……”

突然，德拉走到镜子前，解开束好的头发，让每一缕发丝都垂下来。

那漂亮的头发，就像瀑布一样闪着夺目的光芒，将德拉整个儿包围了起来。

犹豫片刻，她重新束好头发，擦掉眼泪，向门外走去。

街上雪花飞舞，德拉缓慢地向前走着。她知道小镇上有一家卖假发的店铺。她要去那里。

德拉走进店里和店主打了个招呼，接着问道：“请问，你能买下我的头发吗？”

“当然，我还没见过这么漂亮的头发！”店主高兴地答应了。

德拉美丽的长发被剪下了。不过，她也因此拿到了二十美元。

“有了这笔钱，就可以买礼物啦！什么礼物适合吉姆呢？”德拉非常兴奋，她下定决心要找到和吉姆最相配的礼物。

她满怀期待地走进了一家又一家商店，却一次又一次失望地从商店里走出来。

就在她快要心灰意冷的时候，橱窗里出现了一件特殊的礼物。德拉的眼睛一下子被点亮了！

那是一条银色的表链，正好和吉姆的金表相配。

“啊，真是太漂亮了！”

德拉用身上所有的钱买下了那条表链。

回到家后，她让自己欢呼雀跃的心平静下来，这才想到自己的头发。

美丽的头发变成了短发，还不听话地向外卷翘着。德拉看着镜子里的自己，不禁担心起来。

“我现在的这个发型……吉姆会怎么想呢？”

不久，走廊里传来吉姆的脚步声。

一进家门，吉姆就注意到了德拉的头发，他一下子愣住了。

“亲爱的，你把头发剪了？”

“是啊。剪掉之后卖掉了，因为想给你买礼物。”

“唉，你现在没有长头发了啊。”吉姆有些失落。

吉姆说着，从外套口袋中拿出一个小小的礼盒，放在桌上。

“亲爱的德拉，不管你剪没剪头发，我都喜欢，只不过……”吉姆看向桌上的礼物，继续说道，“来，打开礼盒，你就明白了。”

德拉打开了礼盒，里面装着一整套发梳。

这是德拉一直以来梦寐以求的东西！那套发梳和自己多么相配——如果没有卖掉美丽的长发的话。

“天哪，吉姆！不过，我的头发很快就会长回来的。”德拉破涕为笑*，她对吉姆说，“我也有礼物要给你。”

* 破涕为笑：停止哭泣，露出笑容。

德拉取出那条银色的表链。

“吉姆，把你的金表拿出来吧。扣上这条表链，不知道该有多好看啊。真想快点儿看到！”

“德拉，那块表……没有了。”吉姆说道，“为了买发梳，我把表给卖了……就把我们的礼物暂时好好地收起来吧。”

吉姆和德拉一边笑，一边握住了对方的双手。

他们都为了对方，卖掉了自己最珍视的宝贝。那是因为他们都有一颗深爱对方的心。

不用说，他们都得到了与自己最相配的新年礼物。

迷宫 2

德拉能拿到  和  ，然后走到吉姆身边去吗？

答案在最后一页。

快乐王子

改编自英国作家奥斯卡·王尔德同名小说

[日] 间所久子 改编
[日] 藤田美菜子 绘图

很久很久以前，有一个美丽的小城，小城的中央耸立着一座快乐王子的雕像。

快乐王子身体上贴满了金光闪闪的金箔，眼睛里有两颗明亮的蓝宝石。他手握一把短剑，剑柄上还镶嵌着一颗硕大的红宝石。

快乐王子站立在圆柱形的高塔上，俯瞰着小城的每一个角落。

在一个秋日的夜晚，一只燕子从小城的上空飞过。它正全力追赶着同伴，打算飞到南方去过冬。

“今晚就在这里休息，明天再继续飞吧。我要好好喘口气儿。”

燕子一边说，一边飞到快乐王子的脚边停下。

正当它要进入梦乡的时候，“啪嗒”，“啪嗒”——两滴大水珠砸在了燕子的头上。

“怎么回事？是不是下雨了？”

燕子睁开眼，抬头看去。

“天哪，怎么会这样？”

快乐王子那蓝宝石眼睛里，溢出了泪水。泪水划过脸颊，一颗颗滴落下来。

“你是谁？”燕子问道。

“我是快乐王子。”王子回答。

“快乐王子？那你为什么哭呢？”

“因为我看见了那些不幸的人，目睹他们是怎样生活的，心里太难过了……”王子说着，眼眶里又流出泪来。

“不幸的人？”燕子好奇地发出疑问声。“在对面的街上，住着一户贫穷的人家。那家的孩子生了病，母亲却买不起药。亲爱的燕子，你能取下我剑柄上的红宝石，送到他们家去吗？”

“好吧。我就给你当一回仆人，不过只有这一次哟。”

燕子用嘴取下红宝石，小心翼翼地衔住，向那户人家飞去。

在狭小的房间里，孩子发着高烧，痛苦地躺在床上，母亲守在床边干着活，渐渐支撑不住睡着了。

燕子见状，把红宝石轻轻地放在床头的桌子上，然后挥动着翅膀，为孩子降温。

之后，燕子飞回王子身边，把自己所做的一切告诉了王子。

“今晚天气这么冷，可我的心里却暖烘烘的。真是不可思议！”

“那是因为你做了好事啊。”王子回答道。

第二天，燕子原本想告别快乐王子，然后追上伙伴到南方去。

王子却对它说：“在对面的阁楼里，住着一个年轻人。他整日缩在房间里写剧本，没钱买食物，更没钱取暖。现在，他又饿又冷，浑身无力。亲爱的燕子，你能把我眼睛里的蓝宝石取下一颗，送给他吗？”

“不，这么残忍的事情，我不做！”

燕子哭着说道。但它想了想，还是听从了王子的嘱托。

燕子衔着蓝宝石，飞到年轻人住的阁楼里。

“啊，多么珍贵的宝石！”年轻人兴奋地欢呼起来，“一定是有人欣赏我的作品，才送来这样的礼物。好吧，从现在开始，我要打起精神好好写作！”

第三天，王子对即将出发去南方的燕子说：“在对面的广场上，有一个卖火柴的小女孩。”

“她正手足无措*地跪在广场上哭泣。她摔了一跤，打翻了篮子。火柴掉落到水沟里，全湿了，即使捞上来也无法再卖出去。亲爱的燕子，你能把我另一只眼睛里的蓝宝石送给她吗？”

燕子狠一狠心，止住眼泪，取下最后一颗蓝宝石，向小女孩飞去。

---

* 手足无措：手脚不知道放在哪里好，形容慌乱的样子。

燕子轻轻地把蓝宝石放在小女孩的掌心。

“这颗石头太漂亮啦！”

小女孩的脸一下子明亮起来，泛起了玫瑰色。

“把它带回家，爸爸肯定高兴！”

燕子回到快乐王子的身边，它下定决心似的说道：“亲爱的王子，你现在已经什么都看不见了。从此以后，就让我陪伴你吧。”

“不，亲爱的燕子，你还是飞去南方吧。”

“不要紧。我不想离开你。”

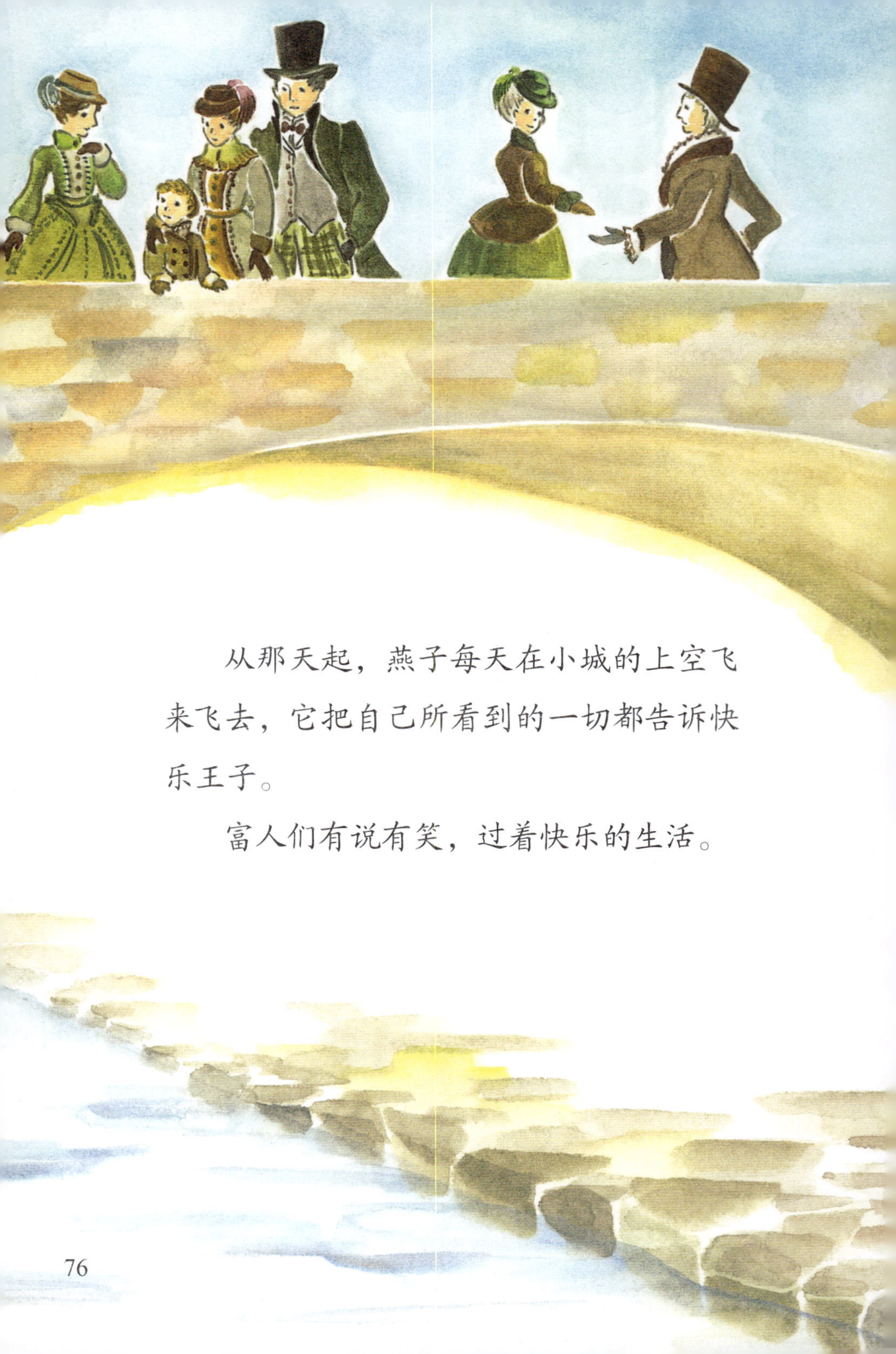

从那天起，燕子每天在小城的上空飞来飞去，它把自己所看到的一切都告诉快乐王子。

富人们有说有笑，过着快乐的生活。

然而，穷人们无家可归，
在寒冷中瑟瑟发抖。

听到燕子的这些话，快乐王子开口道：“我的身体表面贴满了金箔。亲爱的燕子，请取下金箔，送给那些不幸的人吧！”

一片、两片、三片……

燕子取下金箔，分送给穷人们。大家的脸上都露出了笑容。

然而，快乐王子的身体却渐渐地变成了灰色。

不久，雪花在小城降落。燕子开始整日没有精神。

终于有一天，它再也飞不起来了。

“再见了，亲爱的王子……”燕子无力地低语着。

“真是太好了！亲爱的燕子，你终于决定到南方去了。”

“不。我要永远离开了……”

燕子跌落到快乐王子的脚边，停止了呼吸。

就在这一瞬间，从快乐王子的体内传来“咔嚓”一声，快乐王子那用铅做的心脏碎成了两半。

当人们再次注意到快乐王子时，才发现他整个变成了灰色，失去了往日的光彩。

“哎呀，雕像怎么变得这么寒酸？”

“真是的，市中心怎么能放一座这么难看的雕像！”

小城里的人把快乐王子的雕像从塔上搬了下来，然后扔进火炉里。

不过奇怪的是，铅做的心脏在高温下也没有熔化。于是，人们把那两半心脏和燕子一起扔进了垃圾堆。

那天晚上，天使国的国王对天使说："请把那座小城里最珍贵的两样东西带给我吧。"

天使把铅做的心脏和燕子的遗骸带了回去。

“啊，你的选择对极了！”国王高兴地说道。

快乐王子和燕子在天使国重获新生。

可以肯定的是，他们每天待在一起，过着幸福快乐的生活。

迷宫 3

燕子能拾起 、 和 ，然后到达快乐王子身边吗？

答案在最后一页。

致家长

“亲子读”：帮助孩子从“听故事”向“独立读”过渡

随着当代社会的发展，家长们越来越重视孩子的教育，然而由于对儿童发展的规律缺乏认识，部分家长中存在着“揠苗助长”的现象，例如，在阅读方面，让孩子过早地开始独立阅读。

孩子在阅读的起步阶段，一般习惯于用耳朵听故事，用眼睛看图画，并在家长的帮助下完全沉浸到故事的世界中。然而，有些家长在讲了几遍故事之后，就认为“孩子差不多可以自己阅读了”，把书丢给孩子，让孩子独立阅读。这样做往往适得其反，不仅会让孩子不知所措，还会让他们对阅读产生抵触情绪。

孩子在“听故事”和“独立读”这两个阶段之间需要有一个过渡，“亲子读”就是一个科学的过渡方式。和听故事一样，“亲子读”也需要家长和孩子坐在一起，共同面对着书本。首先，家长要做的是告诉孩子“我先念一遍，你要用手指着字跟着读哟”；接下来，家长一字一句地读给孩子听。读了几页之后，家长可以询问孩子“你能把刚才读的故事读一遍吗？”，让孩子初步尝试自己阅读。在这个过程中，家长需要在适当的时候对孩子说一些鼓励的话，比如“你很擅长阅读呢”，或是“嗯，我能明白你讲的故事”等等。这样的训练持续一段时间之后，孩子应该就会说：“我可以自己读了。”

我们在每本书里都准备了三个故事，篇幅由短到长。家长可以和孩子一起，从短故事开始“亲子读”，这样孩子容易产生“我做到了”的成就感，从而循序渐进地培养孩子独立阅读的能力。

经典故事：架起从“亲子读”到“独立读”的桥梁

对于从“亲子读”向“独立读”过渡的孩子来说，经典故事，包括民间故事、神话、传说、童话等体裁，是最适合阅读的。这类故事有以下四个优点：第一，故事趣味性强，容易让孩子对阅读产生期待感；第二，故事结构简单，有明显的起承转合，孩子阅读起来更流畅；第三，叙事感强，情节层层推进，容易让孩子理解和共情；第四，语言生动、文字简单，能够激发孩子的阅读兴致。

丛书按主题精选了在世界各国广为传颂的经典故事。在选编故事时，除了经典这一标准之外，我们还特别重视故事对孩子的教育，尤其是心智的培养，具体包括：第一，对生命的尊重；第二，对喜悦与哀伤的共情能力；第三，了解异域文化，体验发现的乐趣；第四，欣赏大自然的美丽和神奇；第五，展开联想，体会想象的乐趣。通过阅读这些经典故事，体验故事主人公的悲与喜、成与败，孩子可以形成更丰富的经验，也可以学会更丰富的情感表达和语言表达。阅读之后，如果孩子有意愿向成人分享自己的体验，家长一定要重视他们的表达。这样一来，孩子就会更乐于阅读、享受阅读。

日本千叶经济大学儿童学教授　横山洋子

迷宫答案

迷宫 1

迷宫 2

迷宫 3